超级飞侠图画故事书

GONGZHU DE XIAOGOU

奥飞动漫　著　王溦昕　改编

目　录

接力出版社
Publishing House

**图书在版编目（CIP）数据**

公主的小狗／奥飞动漫著；王潋昕改编.—南宁：接力出版社，2015.5
（超级飞侠图画故事书）
ISBN 978-7-5448-3923-5

I.①公⋯　II.①奥⋯②王⋯　III.①儿童文学-图画故事-中国-当代
IV.①I287.8

中国版本图书馆CIP数据核字（2015）第078601号

责任编辑：徐　超　　美术编辑：卢瑞娜
责任校对：刘会乔　　责任监印：陈嘉智　　营销主理：高　蓓
社长：黄　俭　　总编辑：白　冰
出版发行：接力出版社　　　社址：广西南宁市园湖南路9号　　邮编：530022
电话：010-65546561（发行部）　　传真：010-65545210（发行部）
http://www.jielibj.com　　　E-mail：jieli@jielibook.com
经销：新华书店　　印制：北京尚唐印刷包装有限公司
开本：889毫米×1194毫米　1/24　　印张：2　　字数：30千字
版次：2015年5月第1版　　印次：2016年11月第9次印刷
印数：120 001—140 000册　　　定价：15.00元

# 公主的小狗

　　天空中，云朵里，乐迪和酷飞正在玩捉迷藏游戏。瞧，他们玩得多开心呀。

　　这时，调度员金宝的声音传来："乐迪，乐迪，又有新任务了，快到控制室来。"

乐迪飞回控制室。金宝兴奋得跳了起来："乐迪，我们要给美丽堡公主送包裹！她住在英国的伦敦，今天她要举办一个下午茶聚会。"

乐迪开心极了，他等不及要出发了。

乐迪立刻装好包裹，飞往英国伦敦。他飞过绿油油的农场和安静的村庄，一座华丽的城堡出现在眼前。

6

乐迪按响门铃，大声喊道："你好，我是乐迪。每时每刻，准时送达！"

巨大的城门打开，美丽堡公主出现了，她微笑着说："乐迪，见到你真高兴。我们一起去花园打开包裹吧！"

7

包裹里装着一组漂亮的小狗项圈。

公主开心地说："我要在下午茶聚会上，为我的小狗们戴上这些项圈！"

美丽堡公主带着乐迪在城堡中参观，他们聊得可开心了。不过谁也没有注意到，公主的小狗偷偷地跑了出来，叼走了项圈。

当公主发现项圈不见时，她赶紧和乐迪一起去追小狗。

但是，小狗们跑得太快了。乐迪追呀追呀，一不小心，摔进了美丽堡喷泉里，喝了一肚子水。

这时，公主也赶了上来，追着一只小黑狗。

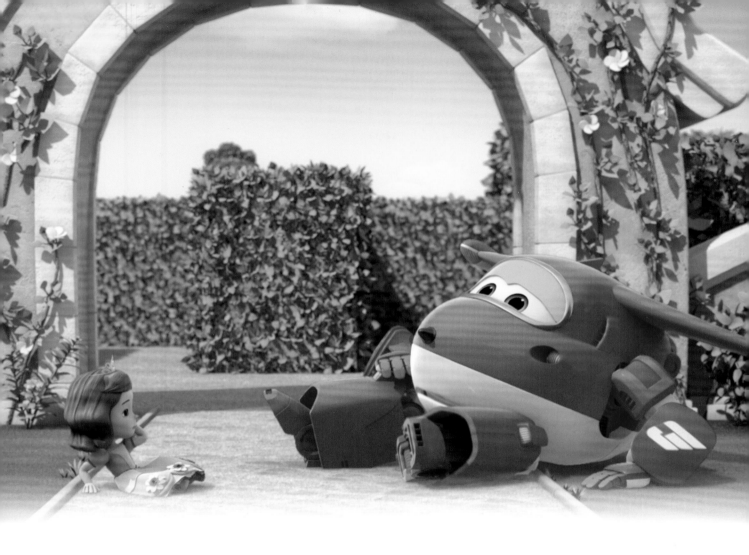

可是小黑狗一转身不见了，公主和迎面飞来的乐迪撞在一起，
摔了个仰面朝天。

糟糕，小狗们全都躲进花园迷宫里了！
这下该怎么办呢?
乐迪安慰公主："别担心，让我呼叫超级飞侠来帮忙吧！"
乐迪联系总部，金宝会派谁来帮助乐迪呢?

　　金宝派了酷飞来帮忙，酷飞是超级飞侠中的捉迷藏专家。

　　他立刻给大家分派任务：乐迪负责飞到空中，报告小狗们的位置，公主负责在出口捉住小狗，而酷飞负责飞到迷宫里，把小狗们赶到出口。

17

酷飞飞进迷宫，乐迪大喊："小狗在左边第一条路！"
酷飞马上飞过去，将路上的小狗往出口赶。
乐迪继续指挥："第二个入口拐弯。"
酷飞接着将小狗赶出去。

没多久，一只、两只、三只、四只、五只……
小狗们全都被赶到出口，被美丽堡公主和她的小
伙伴们捉住啦！

19

时间刚刚好，下午茶聚会正式开始！

美丽堡公主邀请所有的客人就坐，餐桌上摆满了茶和甜点。

公主亲手为小狗们戴上了漂亮的项圈。
瞧，小狗们多开心啊！

任务顺利完成了，超级飞侠也该回去了。
下次会有什么样的新任务等着他们呢？

# 超级飞侠挑战游戏（一）

1. 迷宫题：酷飞在追逃跑的小狗，他要走哪条路才能追到小狗呢？请你帮帮他吧。

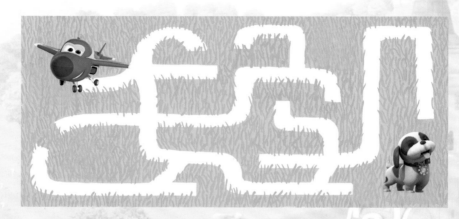

2. 选择题：公主在下午茶聚会上亲手为小狗们戴上了项圈。他为这只小狗戴上的项圈是盒子中的哪一个呢？

A    B    C    D    E

# 铁塔上的甜蜜

一大早，乐迪又接到新任务啦！

这次，他要去哪里呢？

　　调度员金宝打开屏幕，告诉乐迪："我们要给马天尼送包裹，她住在法国巴黎。"

　　乐迪惊讶地大叫起来："巴黎？我听过这个地方。那里有好多伟大的艺术家，还有很多好吃的食物！"

　　看着屏幕上那些又好看又好吃的点心，乐迪的口水都要流出来了！

　　乐迪迅速就位，装好包裹大喊一声："飞行时间 —— 向巴黎出发！"

　　乐迪穿过白云，飞过雄伟的埃菲尔铁塔，来到了马天尼家门前："你好，我是乐迪。每时每刻，准时送达！"

马天尼家是一间面包店，马天尼打开门接过包裹说："谢谢你，乐迪！我正等着包裹呢，一起来看看吧！"

马天尼兴奋地打开包裹。哇，里面是一套装饰蛋糕用的工具箱。

马天尼高兴地说："现在，我可以开始装饰派对用的大蛋糕了！"

大蛋糕是为今晚在埃菲尔铁塔举办的派对而准备的，这个蛋糕比两个马天尼加起来还要高呢。

马天尼拿出蛋糕装饰枪，打开按钮，糖霜慢慢从枪嘴里流出来。马天尼在蛋糕上画起了圆点和星星。

乐迪也好想试一试。

马天尼将蛋糕装饰枪递给乐迪，乐迪看着蛋糕，心想：画个什么好呢？

　　啊，有了！乐迪画了一个大大的笑脸。看起来真不错！

　　乐迪还想多画一些。马天尼调大了控制按钮，糖霜喷得更快了。

　　没多会儿，蛋糕上布满了笑脸。

33

装饰蛋糕真是太有趣了，乐迪越做越多，马天尼不断地调大装饰枪的功率。

突然，装饰枪失控了，从乐迪手上飞了出去，在空中转起了圈。

蛋糕上、地上、天花板上，还有乐迪和马天尼身上，全都喷上了糖霜。

这样下去可不行！乐迪和马天尼跳起来，想要抓住蛋糕装饰枪，结果一屁股坐在了蛋糕上。

派对的蛋糕全毁了！这下可怎么办呢？

马天尼的爸爸找朋友法兰高斯先生要了一个现成的大蛋糕。乐迪立刻飞往法兰高斯先生的蛋糕店取来了蛋糕。

但是还有新的难题，这个大蛋糕完全没有装饰，派对马上要开始了，他们只能在路上装饰蛋糕了。这简直是不可能完成的事情。

看来要请超级飞侠帮忙了，乐迪立刻呼叫总部。

一个粉红色的身影出现在天空中，原来是救援直升机小爱！

小爱放出救援板，这样她就可以带着马天尼和爸爸，一边装饰蛋糕，一边往铁塔飞去。

在救援板上，马天尼和爸爸不停地在蛋糕上装饰着点点、星星、笑脸……

在救援板上装饰蛋糕，这可真是一段奇妙的经历呀！

埃菲尔铁塔上，参加派对的人们正焦急地等待着大蛋糕。

突然，阳台的门被推开了，一个装饰得漂漂亮亮的大蛋糕，从外面"飞了进来"。

马天尼和爸爸大声宣布："派对开始了，大家一起来分蛋糕吧！"

大家一边品尝着好吃的蛋糕，一边欣赏着夜空中的礼花。
今天，真是超级飞侠难忘的一天啊！

# 超级飞侠挑战游戏（二）

　　找不同题：马天尼和爸爸装饰的蛋糕真漂亮，法兰高斯先生也想装饰一个同样漂亮的蛋糕。可是，好像有哪些地方不太一样。你能帮法兰高斯先生找出到底是什么地方不一样吗？